Underdanig Hustru

Erika Sanders
Serie
Dominans og erotisk underkastelse

Synopsis

Rachel og Roger er et normalt par, der har været gift i tyve år.

Deres børn går allerede på college, så de bor alene hjemme.

Men manden er ikke tilfreds med deres seksuelle forhold, han finder dem kedelige, så han beslutter, at de skal søge råd hos en meget bestemt ægteskabsrådgiver.

Hvem er denne ægteskabsrådgiver, som Roger især anbefaler sin kone for at forbedre deres ... seksuelle teknikker?

Underdanig Hustru er en roman med et stærkt erotisk BDSM-indhold og til gengæld en ny roman, der tilhører samlingen Erotic Domination, en serie af romaner med et højt romantisk og erotisk BDSM-indhold.

(Alle karakterer er 18 år eller ældre)

Bemærkning om forfatter:

Erika Sanders er en internationalt kendt forfatter, oversat til mere end tyve sprog, som signerer sine mest erotiske skrifter, langt fra sin sædvanlige prosa, med sit pigenavn.

Indeks

UNDERDANIG HUSTRU
ERIKA SANDERS

FØRSTE DEL:
20 års ægteskab

13

KAPITEL 1

Det var endnu en nat med intetsigende sex.

Men ingen af dem klagede.

Efter 20 års ægteskab var sex blevet mere rutine end noget andet.

Rachel gik tilbage i seng efter at have vasket sig mellem sine ben.

Hun slukkede lyset, kom under dynen og lagde sig ved siden af sin mand.

"Det var dejligt," sagde han.

"Det var det," svarede Roger. "Lidt bedre siden fyrene gik på college, ikke?"

Hun skubbede til ham med sin albue.

"Sikke en forfærdelig ting du siger."

"Men du må indrømme, det er godt, at vi ikke længere skal holde tingene stille. Og vi kan lade døren stå åben."

Rachel tænkte sig om et øjeblik.

"Det tror jeg nok. Men alligevel savner jeg dem så meget."

"Også mig."

Hun lukkede øjnene.

"Godnat."

"Godnat, skat," svarede han og kyssede hende på panden.

KAPITEL 2

Den næste dag var en typisk arbejdsdag for Rachel.

Hun var revisor for et mellemniveau revisionsfirma.

Med den seneste økonomiske vækst i centrum af byen havde han meget arbejde at gøre for nye kunder.

Til frokost spiste hun med den samme gruppe kvinder, som hun havde spist med de sidste par år.

De talte om deres sædvanlige emner: sladder, underholdningsnyheder, familie, deres børn, nye opskrifter osv.

De var alle bedste venner og nød altid hinandens selskab.

Klokken var næsten seks om aftenen, da Rachel kom hjem.

Rogers bil stod allerede i indkørslen.

Da han kom ind i huset, var der særligt stille.

Roger plejede hurtigt at sige "hej".

Hun råbte på ham, men fik intet svar.

Da Rachel kom ind i køkkenet, viklede et par arme sig om hendes krop bagfra.

Hendes hænder rørte liderligt hans bryst.

Hun skreg højt.

"I orden!" sagde han og slap hende. "Det er mig! Det er mig!"

Han vendte sig hurtigt om for at se et forbløffet blik på Rogers ansigt.

Han forventede tydeligvis ikke, at hans kone ville reagere sådan.

"Gud! Roger! Du skal aldrig skræmme mig sådan igen!"

"Ønskede at overraske dig".

"Hvordan var det en overraskelse?" hun var rasende. "Du skræmte mig i dagslys. Jeg troede, jeg blev angrebet!"

"Undskyld. Jeg prøvede bare at være romantisk."

"Der er ikke noget romantisk ved at blive rørt på den måde."

"Undskyld. Jeg vil ikke gøre det igen."

Rachel tog et øjeblik på at falde til ro.

"Jeg mente ikke at blive så sur. Det er bare, tak, vær lidt mere hensynsfuld over for dine overraskelser, okay?"

"Vi har det aldrig sjovt mere. Har du lagt mærke til det?"

"Venligst Roger, jeg er ikke i humør til det her lige nu."

"Okay," indvilligede han besejret.

Rachel vendte sig om og gik ind i soveværelset for at skifte tøj.

Han satte sig op i sengen og sukkede.

KAPITEL 3

Den næste dag.

Rachel sad ved computeren og gjorde sit regnskabsarbejde.

Hans telefon ringede.

Det var hendes mand.

Hun besvarede opkaldet, og da Roger fortalte hende, at det var vigtigt, sagde hun, at hun skulle vente et øjeblik, mens han gik udenfor for at få mere privatliv.

Han spekulerede på, hvad opkaldet kunne handle om.

Roger ringede sjældent, mens hun var på arbejde.

Han formodede, at det ikke kunne være på grund af deres kamp i går, for han havde allerede rettet det samme aften.

"Ja?" Han sagde, da han var udenfor, væk fra de andre kolleger.

"Lad os tage en tur i næste uge," svarede han ligeud. "Der er et roligt sted, hvor vi kan gå nær kysten."

"Det kan jeg virkelig ikke. Der er meget travlt med mit arbejde lige nu."

"Min er også sådan her. Men vi kan gøre plads. Vi kan gå næste fredag og blive i weekenden. Bare tag en dag fri fra arbejde."

"Men det er der ikke behov for," svarede hun og forsøgte at ræsonnere med ham. "Jeg er ikke sur på dig. Havde vi ikke ryddet op i det i aftes?"

"Det her handler ikke om i går. Det handler om vores ægteskab."

Disse ord sendte et fuldstændigt chok ned ad hele rygraden til Rachels fødder.

Han havde altid antaget, at deres ægteskab var stærkt, og at han gav Roger alt, hvad han nogensinde havde ønsket sig i en kone.

"Er vores ægteskab i problemer?" hun spurgte.

"Snak ikke sådan. Men der er en måde at gøre vores ægteskab... bedre..."

Endnu et signal gik ned ad hendes rygrad.

"Hvad handler denne tur om?"

"Jeg tror, der er nogen, der kan hjælpe os."

"En ægteskabsrådgiver?" spurgte hun overrasket.

Han stoppede et øjeblik.

"Ja. Sådan noget. En ægteskabsrådgiver."

"Vi har det ikke så dårligt, vel? Jeg tænkte...jeg tænkte..."

stemme var ved at blive kvælende, og hendes øjne løb i vand.

"Vi gør ikke noget forkert," svarede han og forsøgte at berolige hende. "Men jeg tror, vi kan forbedre os. Det er noget, jeg har tænkt på i et stykke tid."

"Okay. Hvis du synes, det er det bedste."

"Tak, skat. Undskyld, jeg ringede til dig på arbejdet. Det er en sidste øjebliks ting. Hun havde en sidste minuts åbning i sin tidsplan og ville drage fordel af det."

Rachel løftede et øjenbryn.

"Hun? Er rådgiveren en kvinde?"

"Ja."

"Hvad ved du om denne person? Hvorfor skal vi rejse så langt for ham?"

"Jeg forklarer senere. Men hun har et unikt ry. Og jeg tror, hun vil gøre underværker for os."

"Hvis det er det, du vil, så fint."

"Jeg er glad for, at du er åben over for det her. Vi diskuterer detaljerne i aften."

"Okay, farvel ."

"Hej hej."

Opkaldet sluttede, og Rachel var lamslået med sin telefon i hånden.

En bombe var blevet kastet over hende, men hun indså, at hun ville gøre alt for at holde sit ægteskab stærkt.

KAPITEL 4

Flere dage senere.

Rachel stod på værelset og foldede tøj til den næste tur.

Hun vidste, at vejret ville blive varmt, så hun pakkede de t-shirts, shorts, sandaler og badedragter, som Roger bad hende tage med, da de ville være tæt på stranden.

Hun ønskede ikke at gå, ikke kun fordi ideen skulle koste dem tusindvis af dollars, men fordi hun skulle bruge meget tid på arbejdet, og denne tabte dag ville være en dag, hun skulle gøre op for .

Men hvis det var det, der var bedst for deres ægteskab, så ville hun ikke skændes om det.

Det, der generede ham mest, var, at Roger var usædvanlig kort og vag i spørgsmålet om ægteskabsrådgivning.

I alle deres ægteskabsår havde de altid været åbne om alt.

Der havde aldrig været hemmeligheder.

Der var aldrig nogen løgne.

Det er derfor, deres ægteskab var så vellykket.

Indtil nu...

Hun brugte meget tid på at spekulere på, hvorfor Roger ville se en rådgiver.

Hvad er der galt med vores ægteskab?

Jeg troede, at alt var i orden.

Jeg troede, at alt var perfekt mellem os.

Er det sexen?

Er jeg ikke god nok længere?

Vil du have en anden?

Har han en affære?!

Kufferten var næsten fuld.

Det eneste, der var tilbage at pakke, var badedragten.

Der var et gammelt par i hans skab.

som hun ikke havde båret i årevis.

Han klædte sig af foran spejlet.

Hun så på hans nøgne krop.

De svage linjer i hans ansigt var vokset.

Hendes tidligere meget muntre bryster var begyndt at synke.

Hans hofter blev tykkere på trods af de aerobe øvelser.

Det er virkelig ikke underligt, at Roger ønsker at se en rådgiver.

Hun tog sin badedragt på og stillede sig foran spejlet med den.

Dette vil glæde dig.

I det øjeblik kom Roger ud af sit hjemmekontor og henvendte sig til Rachel med en panderynken i ansigtet.

"Hvad sker der?" spurgte hun stadig i badedragten.

"Jeg har lige talt med min chef. En af vores kunder har lige fået en retssag på flere millioner dollars. Jeg kan ikke tage på den tur mere."

Hun mødte hans øjne og vidste, at Roger fortalte sandheden.

En stråle af håb krydsede Rachels sind.

Hun var glad for, at turen nok blev aflyst.

"Det er for dårligt," svarede hun. "Betyder det, at turen er aflyst?"

"Det nytter ikke noget at aflyse hele turen, fordi jeg allerede har betalt for fly og rådgivning. Du bør tage afsted alene."

Hun var overrasket.

"Vil du have mig til at se en ægteskabsrådgiver alene? Hvad er meningen med det?"

Sukket.

"Rachel, jeg elsker dig så højt. Jeg elsker dig mere end noget andet. Du er mit livs kærlighed."

"Åh Gud, du har en affære. Har du ikke? Der er en anden, ikke?"

"Nej, sådan er det ikke," sagde han eftertrykkeligt. "Jeg ville aldrig snyde dig. Det har jeg aldrig gjort, og det vil jeg aldrig."

"Så hvad sker der? De sidste par dage har du været meget undvigende omkring denne tur. Du har aldrig været så reserveret før."

Han sukkede igen og rystede på hovedet.

"Undskyld. Jeg har ikke været helt ærlig over for dig. Jeg er vist ikke så modig, som jeg troede."

"Fortæl mig, hvad er det?"

"Har du tillid til mig?"

"Selvfølgelig har jeg det. Hvis du har en affære, så lad mig det vide. Vi kan finde ud af det."

"Jeg har ikke en affære, Rachel. Men jeg tror, der må ske ændringer i vores ægteskab."

"Er jeg ikke god nok længere?" hun spurgte.

"Hold op med at sige sådan noget. Du er min kone. Jeg elsker dig mere end noget andet."

"Hvorfor er du så ikke ærlig over for mig?" forlangte.

Han rystede på hovedet.

"Jeg prøver at være ærlig. Men jeg kan ikke. Det er ikke nemt. Tro mig, jeg ville ønske, at alt var nemt."

"Jeg forstår dig ikke længere, Roger."

En sorg viste sig i hans ansigt.

"Kan du love mig, at du stadig går? Jeg ved, det er svært at gå sådan her, men jeg ville ikke spørge, medmindre jeg tænkte, at det kunne hjælpe med at redde vores ægteskab."

"Tror du, vores ægteskab skal reddes?" spurgte hun med tårer i øjnene.

"Vær venlig ikke at gøre det her mere vanskeligt, Rachel. Kan du love, at du går alene? Jeg vil have, at du møder rådgiveren og hører, hvad hun har at sige. Bare lyt, og hvis du ikke kan lide det, så kom hjem . Vær venlig , jeg beder dig " .

Tårerne løb allerede ned over hendes ansigt.

Rachel druknede i dem og kunne næsten ikke tale.

Så lagde hun armene om sin mand og gav ham et stort kvælende kram.

Hun ville ikke miste sit ægteskab, så uanset hvad det koster.

ANDEN DEL:
Lady Samantha og konen

25

KAPITEL 5

Rachel så en velegnet mand efter at have forladt lufthavnsterminalen med sin bagage.

Manden holdt et skilt med hans navn på.

De talte og bekræftede begges identitet.

Hun satte sig ind i sin luksusbil i en 30-minutters køretur, indtil de nåede deres bestemmelsessted.

Hun forventede at ankomme til en kontorbygning.

Men han var overrasket over at se, at destinationen faktisk var et stort hus nær stranden, som mere lignede et palæ.

Ejeren af stedet var en meget rig person.

Og ejeren var bestemt ikke din gennemsnitlige ægteskabsrådgiver.

Bilen standsede i indkørslen.

Chaufføren gik hen til bagagerummet for at hente bagagen.

I det øjeblik åbnede hoveddøren til palæet ved stranden, og en høj, statuesk kvinde trådte ud.

Hun så fantastisk ud, i trediverne, med langt bølget hår og en modelkrop.

"Du må være Rachel," smilede kvinden. "Jeg har hørt vidunderlige ting om dig."

"Det er mig. Og det er du?"

"Samantha. Velkommen til mit hjem."

De to kvinder gav hjerteligt hånden.

"Sikke et smukt sted. Jeg havde bestemt ikke forventet noget lignende."

"Det gør de fleste ikke. Det er ærgerligt, at din mand ikke kunne komme."

"Kender du min mand?" spurgte Rachel.

"Jeg rejser meget med min far på forretningsrejse og har set din mand flere gange. Men det kan vi snakke mere om senere. Jeg er sikker på, du er udmattet. Lad mig vise dig til dit værelse først."

Samantha førte Rachel og chaufføren op ad trappen i det store palæ til gæsteværelset.

Chaufføren lagde bagagen i soveværelset og gik derefter.

Rachel var i en konstant tilstand af undren, da hun stirrede på palæet.

Hun kunne ikke finde ud af, hvor meget det hele ville være værd.

"Jeg vil lade dig bade og hvile dig," sagde Samantha. "Håndklæderne er på det samme badeværelse. Kom til stranden omkring seks om aftenen. Vi kan se solnedgangen sammen og få noget frisk frugtjuice."

"Det lyder lækkert".

Samantha smilede.

"Vi ses".

KAPITEL 6

Rachel tog et koldt brusebad og slappede af.

Gæsteværelset i huset var bedre end noget andet værelse på noget smart hotel, han nogensinde havde boet på.

Alt var ren luksus og klasse.

Han undrede sig over, hvad Roger havde planlagt.

***

Klokken seks ankom, og Rachel kom nedenunder, klædt afslappet på til det varme vejr, de befandt sig i.

Han gik ud til stranden og fandt ud af, at udsigten var smuk.

Hun havde glemt, hvor smukt havet kunne være, især under en solnedgang.

Han så Samantha stå der og beundre udsigten over havet.

"Du er så heldig at kunne nyde det her hver dag," sagde Rachel.

"Ja."

"Så hvad laver du helt præcist her?"

"Hvad sagde Roger til dig?"

"Ikke meget, desværre. Bare at du er en slags ægteskabsrådgiver. Men set ud fra det er jeg ikke helt sikker på, at det er tilfældet længere."

"Jeg laver forskellige ting," svarede Samantha. "Jeg udfører noget ejendoms- og udviklingsarbejde på min fars vegne. Men jeg gør også tjenester for folk. Tjenester, som jeg virkelig nyder at give."

"Hvad? Ægteskabsrådgivning?"

Samantha smilede smukt.

"Det kan du også sige."

"Hvorfor er alle så vage omkring det her? Er der en hemmelighed, jeg ikke burde vide?"

"Hvis du vil vide sandheden, har jeg hjulpet mange par gennem årene. Jeg er ligeglad med penge. Jeg gør det for fornøjelsens skyld. Jeg nyder at hjælpe."

"Og præcis hvordan hjælper du disse par?" spurgte Rachel .

"Hvordan tænker du? Hvad er grundlaget for et godt forhold?"

"Kærlighed," svarede Rachel.

"Sex," blinkede Samantha. "Jeg hjælper par med at få sex til at fungere for dem."

Rachel var helt chokeret, men hun lod ikke hendes ansigt vise det.

Hun var overrasket over, at hendes kære mand gennem tyve år tænkte på det, da han fortalte hende om hende.

"Så du er sexterapeut?"

"Jeg kan ikke rigtig godt lide etiketter," svarede Samantha. "Men jeg ved meget om sex. Jeg ved, hvad folk kan lide, og hvordan det kan forbedres. Det er et naturligt talent, jeg har."

"Jeg tror ikke, det er det rigtige for mig. Tak for den venlige gæstfrihed, men jeg burde tage afsted. Jeg tager det næste fly hjem."

"Du er lige ankommet".

"Jeg ved det men..."

"Roger advarede mig om, at du ville være bekymret over dette."

"Har du sovet med ham?" spurgte Rachel ligeud.

"Nej. Tro mig, din mand er en trofast mand. Jeg kiggede lige på ham og vidste, at hans sexliv var alvorligt mangelfuld. Så da jeg fandt en mulighed i min tidsplan, gav jeg din mand et tilbud."

Rachel kneb øjnene sammen.

"Ja, til gengæld for flere tusinde dollars af min mands penge, ikke?"

"Som jeg sagde, penge betyder ingenting for mig. Se mig omkring, jeg har ikke brug for din mands penge. Men hvis jeg ikke opkræver folk, vil jeg have en lang række mænd, der venter uden for min dør for gratis service. ""

"Nå, tak for gæstfriheden. Jeg vil ikke spilde din tid. Det hele er ikke for mig. Jeg tager det næste ledige fly."

Samantha nikkede.

"Det er helt forståeligt. Du kan blive her, så længe du vil. Min chauffør tager dig, når du vil. Jeg betaler din mand tilbage så hurtigt som muligt."

"Tak skal du have."

"Held og lykke med dit ægteskab," sagde Samantha og vendte sin opmærksomhed tilbage mod den nedgående sol.

Rachel holdt en lang pause.

"Hvad ved du om mit ægteskab?"

"Din mand ønskede det af en bestemt grund. Så jeg ved, at dit sexliv må være utroligt kedeligt og monotont."

"Der er mere ved ægteskab end bare sex. Vi elsker hinanden. Vi er gode partnere i livet."

"Bliv ved med at fortælle dig selv det," svarede Samantha. "Din mand føler åbenbart, at der mangler noget i jeres forhold. Men hvis du synes, alt er perfekt, så er du velkommen til at gå væk."

Rachel holdt endnu en lang pause.

"Hvis jeg bliver her, mener jeg, de næste par dage, hvad skal der så ske? Hvad skal jeg gøre her?"

"Hvis du bliver, vil jeg lære dig glæderne ved dominans og underkastelse. Det er mit speciale. En som Roger har brug for at føle, at han er manden i forholdet. Jeg kan lære dig, hvordan du tjener ham ordentligt."

"Det lyder lidt groft."

"Sex er råt. Men det er også smukt. Hvornår havde du sidst en fantastisk orgasme? Den slags, der efterlader en vandpyt mellem dine ben."

"Jeg kan ikke huske," svarede Rachel. "År. Måske mere."

"Stakkels. Men jeg kan ordne det. Ældre kvinder, især hustruer, er min specialitet."

"Vi skal ikke... du ved..."

"Det vil vi. Vi vil gøre alt sammen."

"Det kan jeg ikke," svarede Rachel. "Det er vildt. Jeg har aldrig lavet noget med en anden kvinde før."

"Tænk på dette som en lærerig oplevelse. Derudover er det ikke tosset, hvis din mand synes, det er gavnligt."

"Du er bestemt meget begejstret for hele dette projekt."

Samantha smilede.

"Det burde du også være."

"Hvad nu så?"

"Nu går jeg ind igen for at gøre mig klar til aftensmaden. Min kok laver noget lækkert. Hvis du vil blive, så tag med mig til middag. Hvis du vil af sted, så tal med min chauffør."

"Jeg vil blive."

"Middagen skulle snart være klar. Vi lærer hinanden bedre at kende. I morgen begynder det virkelig sjove."

Samantha glimtede endnu et antydningsfyldt smil.

Så vendte han sig om for at gå ind i sit store palæ.

KAPITEL 7

Den næste dag.

En lille del af personalet serverede dem morgenmad under åben himmel.

Alt blev passet ordentligt til.

Al maden var frisklavet.

De to kvinder nød hinandens selskab over morgenmaden.

"Jeg kan virkelig vænne mig til det her," drillede Rachel.

Samantha blinkede til ham.

"Hvem plejer at lave mad i dit hus? Det er vel dig. Du virker som en meget tam kvinde."

"Jeg er opdraget på den gammeldags måde. Jeg kommer fra en lang række af hjemmegående kvinder."

"Typisk. Du har det klassiske konservative look."

"Jeg hører det meget," Rachel trak på skuldrene. "Men med god grund. Jeg elsker at tage mig af min familie. Jeg elsker at være den ideelle mor og hustru for dem."

Samantha nikkede.

"Jeg er sikker på, at Roger sætter pris på alt, hvad du gør i huset."

"Det gør det," svarede Rachel. "Jeg er meget heldig at have ham. De fleste mænd sætter ikke pris på det arbejde, deres koner gør for dem."

"Roger belønner dig? Lader han dig sutte hans pik?"

"Undskyld?"

" Roger lader dig sutte hans pik, når du har været en god pige?"

Rachel var chokeret over den utugtige snak ved morgenmaden, især foran personalet.

Bare snak om sex havde altid slået hende som i dårlig smag.

"Jeg tror ikke, det er din sag," svarede Rachel.

"Er det ikke rigtigt? Jeg troede, du ville have min hjælp."

"Jeg tror, men..."

"Vær ærlig . Vi er begge voksne kvinder. Og mit personale er meget diskret. Jeg prøver bare at hjælpe dig."

Rachel gav et lille suk.

"Jeg gør det for ham, bare nogle gange. Jeg kan ikke rigtig lide at gøre det."

"Så hvad handler dit sexliv med Roger om? Klatrer han oven på dig, giver dig et par svingninger, og kommer så?"

"I bund og grund."

Samantha grinede næsten.

"Det er ikke et fantastisk sexliv. Det lyder mere som en formalitet."

"Det virker for os."

"Selvfølgelig ikke. Roger vil have dig her af en grund. Jeg hader at fortælle dig nyheden, men Roger er en liderlig normal fyr. Han elsker sex. Og han elsker at få blowjobs. Men han er for genert til at bede sin smukke lille kone om favoriserer ekstra".

"Du er formastelig."

Samantha løftede et øjenbryn.

"Er jeg det? Har Roger nogensinde afvist sex? Ligner han en gymnasiedreng , hver gang du sutter hans pik? Du ved, jeg har ret. Alle mænd er ens, når det kommer til sex."

"Sådan er jeg ikke opdraget," sagde Rachel efter en lang pause. "Du har sikkert ret med hensyn til Roger. Men jeg ved bare ikke, hvordan jeg skal behage ham længere."

Samantha knipsede med fingrene, og en fra personalet tog et sexlegetøj frem på et sølvfad.

Samantha tog det op, og personalet gik.

Det kødfarvede sexlegetøj var formet som en mands penis.

"Det er utroligt, hvor realistisk dette voksenlegetøj er blevet," sagde Samantha og holdt det op i undren.

Selvom de var ude i det fri, syntes Samantha ikke at have noget imod at holde en dildo.

Rachel følte sig lidt utilpas, selvom ingen andre var i nærheden.

"Er du ikke bange for, at nogen kan gå forbi og se dig med det på?" spurgte Rachel.

"Det er helt lovligt at have et sexlegetøj i staten."

Rachel nikkede fåragtigt.

"Du har ret."

"Der er heller ikke noget galt med at kysse en."

"Hvad mener du?"

Samantha vrikkede lidt med dildoen.

"Gå videre og giv ham et lille kys."

"Fordi?"

"Jeg er nysgerrig efter, hvordan du ser ud med en penis i munden."

Rachel så nervøs ud, da Samantha rakte hende dildoen, som pegede på hendes ansigt.

Hun mente, at det ville være meningsløst at skændes.

Hun var gæst i et luksuriøst hus.

Hun vidste, at det ville være uhøfligt at afslå anmodningen.

Hun lænede sig frem over bordet og kyssede hovedet på dildoen.

"Åbn nu dine læber," sagde Samantha. "Tag ham indenfor."

Rachel følte sig utilpas, men hun gjorde det alligevel.

Hun lod sexlegetøjet komme ind i munden.

Samantha begyndte at skubbe og trække dildoen ind i Rachels mund for at simulere oralsex.

"Er det alt?" sagde Samantha og så opmærksomt på. "Sut det. Alt sammen sådan. Lad som om det er Rogers."

At høre disse ord tændte en ild i Rachel.

Hun suttede hårdere, hurtigere og hårdere .

Hun begyndte faktisk at udføre oralsex til dildoen.

Før Rachel kunne fortsætte, fjernede Samantha dildoen fra sin mund, og Rachel lænede sig tilbage i sit sæde.

"Ikke dårligt," sagde Samantha. "Men dine blowjob-færdigheder kunne bruge nogle forbedringer. Vi vil arbejde på det senere. Jeg tror, Roger vil være meget glad, når du kommer hjem."

"Det håber jeg," rødmede Rachel.

Samantha smilede.

"Vi har en lang dag med træning foran os. Lad os afslutte vores morgenmad og få mest muligt ud af vores tid."

De spiste deres morgenmad igen.

Rachel kiggede ned på sin mad, men hun tænkte stadig på Samanthas sidste ord.

Uddannelse? Hvad fanden mente han med det?

KAPITEL 8

Samanthas soveværelse bestod af et stort og rummeligt område.

Og det var enkelt, men elegant.

Møblerne virkede rustikke og dyre.

Balkonen var åben og havde en perfekt udsigt over havet.

"Hendes mand fortalte mig din størrelse og dine mål," sagde Samantha. "Så jeg gik videre og købte en ny garderobe til dig."

Der var en kuffert midt i lokalet.

Samantha åbnede den for at afsløre en række tøj, det meste af det ret afslørende, og en række undertøj.

Rachel var chokeret.

"Er det hele for mig?"

"Alt inde i den kuffert er til dig. Jeg har også købt et nyt makeup-kit til dig."

"Hvad er der galt med min makeup?"

"Intet, hvis du er revisor," svarede Samantha. "Men hvis du vil give din mand en konstant knogle, så bliver du nødt til at arbejde lidt hårdere."

"Roger kan lide det, som jeg kan lide det."

"Du er en meget smuk kvinde. Jeg er sikker på, at Roger synes, du er den smukkeste kvinde i verden. Men nogle gange vil mænd bare have en beskidt hore i soveværelset. Det er fakta."

Rachel holdt en pause.

"Jeg er ikke ligefrem en ung kvinde længere."

"Der er absolut intet galt med kvinder på din alder. Alle elsker ældre kvinder. Jeg elsker ældre kvinder."

"Så hvad laver vi?"

"Det er godt at være en ordentlig, primitiv husmor. Men det er også godt at være en beskidt lille tøs i soveværelset en gang imellem. Det er det, jeg skal lære dig."

Rachel tog en dyb indånding.

"Godt. Jeg vil holde et åbent sind for, hvad du end har at sige."

"Godt. Klæd dig nu af."

"Tilgiv mig?"

"Bliv nøgen. Tag dit tøj af. Det hele."

"Fordi?"

"Jeg troede, du sagde, du havde et åbent sind," sagde Samantha med et løftet øjenbryn. "Hvis du vil have min hjælp, så lyt til, hvad jeg har at sige."

Det var allerede klart for Rachel, at det aldrig var en vindende strategi at skændes med Samantha.

Hun tog en dyb indånding for at samle sit mod, og fjernede tøvende sit tøj, hvor hun forsigtigt foldede hver genstand og lagde den på den nærliggende seng.

Det var lidt pinligt for Rachel at være nøgen foran Samantha, da hendes krop var ældet, og Samantha var meget ung og rask.

Men Rachel sagde til sig selv, at det var som at klæde sig af foran lægen.

Samantha havde sikkert set masser af nøgne kvinder på hendes alder.

Hun har set det hele.

Når denne tur er slut, skal jeg aldrig se hende igen.

Så hvem bekymrer sig om hun ser mig nøgen?

Alt hendes tøj blev fjernet, og til sidst var Rachel helt nøgen foran en meget yngre og mere attraktiv kvinde.

"Meget feminin og smuk," sagde Samantha med et lille hint, mens hun nikkede.

"Så du tænker?"

"Som jeg sagde, elsker jeg ældre kvinder. Og jeg elsker husmødre. Jeg synes, du er ekstremt attraktiv."

Rachel trak på skuldrene.

"Og hvad er det næste?"

"Følg mig."

Samantha førte Rachel hen til kommoden.

Rachel satte sig foran det store spejl og et bord stablet med skønhedsprodukter fra kendte mærker.

De så begge på Rachels topløse spejling i spejlet.

Så brugte Samantha en fugtig serviet til at tørre Rachels makeup af, indtil hendes ansigt var rent.

Rynkerne og alderslinjerne i Rachels ansigt var blevet mere tydelige.

"Du er så naturlig smuk, Rachel. Du er så smuk."

"Tak skal du have."

"Men vi er ikke interesserede i smuk lige nu," sagde Samantha. "Vi er til sexet. Er du klar til det, Rachel?"

"Det tror jeg."

"Lad os begynde."

Samantha gik direkte i gang med at påføre kosmetik.

Hun lagde dygtigt blush, øjenskygge, mascara, eyeliner og en lys nuance af rød læbestift.

Sekund for sekund så den seje husmor hendes udseende forvandle sig.

Da hun var færdig, kunne Rachel næsten ikke genkende sig selv.

"Hvad med?" spurgte Samantha stolt af sit arbejde.

"Det ser... det ser... interessant ud..."

Samantha klappede kvindens skuldre.

"Du vil vænne dig til det. Bare husk, det er kun til dig og Roger. Ingen andre."

"Jeg forstår."

"Nu, lad os klæde dig på, okay?"

Rachel rejste sig og fulgte Samantha ind i det store rum.

Samantha rakte ind i kufferten og trak en tynd rød kjortel frem.

"Prøv det her," sagde Samantha. "Og se dig i spejlet."

Rachel kiggede på sit nøgne spejlbillede i spejlet, da hun gled i sin kjortel.

Hun var sparsom, tynd og lille.

Frem for alt var det semi-transparent.

Farven på hendes brystvorter og kønsbehåring var fuldt synlige.

"Det er lidt afslørende, synes du ikke?" Rachel sagde det åbenlyse.

"Det er ideen. Når du er hjemme, vil jeg gerne have, at du bærer dette til Roger til enhver tid. Det vil give et lykkeligere ægteskab."

"Vil du have mig til at være praktisk talt nøgen hele tiden?"

"Tænk over det, ville Roger skændes med dig, mens dine brystvorter er blotlagte?"

"Det er bestemt en sjov måde at se tingene på," svarede Rachel med et fnis.

Samantha smilede.

"Jeg har hjulpet mange par gennem årene. Tro mig, jeg ved, hvad jeg taler om."

De to kvinder smilede legende til hinanden, før hun prøvede flere outfits på.

KAPITEL 9

Senere samme dag.

Rachel var i en tilstand af dyb afslapning.

Jeg var i spa-rummet, alene med en uddannet massør.

Hendes sind drev væk, da hendes ryg modtog en ekspertmassage.

Det var lyksalighed.

"Jeg er glad for, at du har det sjovt," sagde Samantha og gik ind i spaen.

"Dette er himlen."

"En god massage er altid himmelsk. Undskyld at jeg forstyrrer, men jeg har lige taget telefonen med min far. Der skete noget."

Rachel satte sig op for at lytte til nyhederne.

Hendes bryster viste sig, men hun var ligeglad.

"Alt er i orden?" hun spurgte.

"Alt er fint. Men min far holder en vigtig middag med flere af sine forretningsforbindelser, og han vil have, at jeg slutter mig til hende. Han vil have mig til at vide det. Desuden er jeg fremragende til at underholde gæster."

"Jeg burde gå?" spurgte Rachel og frygtede i al hemmelighed det værste.

"Nej, nej. Men jeg er ikke sikker på, hvornår jeg kommer tilbage, så gør dig godt tilpas i mit sted. Jeg har allerede instrueret personalet i at forberede en dejlig middag til dig. Gør hvad du vil bagefter. Der er bøger, film, musik, hvad end du har lyst til. Mine medarbejdere hjælper dig med det, du har brug for."

"Tak, du er meget venlig."

Samantha løftede et øjenbryn.

"Hvis du er i humør til noget lidt mere provokerende, så prøv DVD-samlingen på mit værelse. Hvem ved, måske ser du noget, du kan lide."

"Det vil jeg huske på," svarede Rachel, usikker på, hvordan hun skulle fortolke hintene.

"Hav det sjovt. Jeg vil prøve at komme tilbage snart."

"Du må have en god nat."

Samantha gav et drilsk smil og gik.

KAPITEL 10

Samme nat.

Det luksuriøse palæ så lidt kedeligt ud uden sin ejer.

Efter en tidlig middag så Rachel solnedgangen og udforskede huset igen.

Han tog et kig på, hvad han havde til sin hjemmebiograf og musiksamling, men intet interesserede ham rigtigt.

Nu så han fjernsyn i stuen.

Nyheden var det eneste, der interesserede ham.

Han undrede sig over, hvordan Roger havde det.

Hun spekulerede på, om Roger ville savne hende.

Kedsomheden ankom.

Klokken var elleve om natten, og Rachel besluttede sig for at gå i seng.

På vej til sit værelse passerede hun Samanthas værelse.

Døren stod helt åben.

Tilbuddet om at se hendes private dvd'er var stadig i Rachels tanker.

Hvorfor ikke?

Hun inviterede mig ind på sit værelse for at se.

Rachel gik ind i soveværelset og gik hen til det store fjernsyn.

DVD'er var ikke svære at finde.

Der var mere end 200 dvd'er , vurderede han.

Alle dvd'erne var hjemmelavede.

Hver DVD havde et navn skrevet på den sammen med en dato.

Rachel tændte for fjernsynet og dvd-afspilleren.

Hun valgte en tilfældig DVD med titlen: Joseph 03-07-2018

DVD'en startede, og Rachel satte sig op i sengen.

Hun var chokeret over, hvad hun så.

En nøgen mand dukkede op på skærmen.

Han var midaldrende og i normal form.

Han havde ansigtet som en succesfuld forretningsmand.

Hans penis var lille og slap.

Han så genert ud.

Han så direkte ind i kameraet.

Han stod på et gæsteværelse.

Manden oplyste sit navn, alder, og at hans erhverv var ejendomsudvikler.

Scenen føltes meget mærkelig og gjorde Rachel ekstremt utilpas.

Jeg kunne ikke forstå, hvorfor Samantha ville have sådan en dvd.

Rachel rejste sig og var ved at slukke for dvd'en, da hun pludselig hørte Samanthas stemme komme fra tv'et.

Han begyndte at beordre den nøgne mand rundt.

Rachel satte sig tilbage for at fortsætte med at se.

Den nøgne mand på skærmen strøg sig selv.

Hans lille penis blev lidt større og stivere.

Manden faldt på knæ, da Samanthas stemme befalede ham det.

Samantha dukkede op på skærmen, og Rachel gispede næsten.

Samantha optrådte i videoen klædt i et stramt læderkorset og viste sine arme og ben.

Der var en lang dildo spændt fast mellem Samanthas ben, der må have været mindst otte centimeter lang.

Samantha stod foran den knælende mand, og manden begyndte at sutte på penis i bæltet med entusiasme.

Det eneste Rachel kunne gøre var at stirre næsten i chok.

Hun var fuldstændig vantro over, at Samantha ville gøre sådan noget med en mand.

Hans instinkter sagde, at han skulle slukke for dvd'en, men det kunne han ikke.

Skærmen var blevet hypnotisk.

I videoen beordrede Samantha manden til at rejse sig og læne sig over sengen.

Han gjorde det med entusiasme.

Samantha påførte derefter en stor mængde glidecreme på sexlegetøjet og placerede sig bag manden.

Rachel gispede, da hun så Samantha komme ind i manden.

Det var alt, Rachel kunne tage.

Han rejste sig og slukkede for dvd'en.

Da hun satte dvd'en tilbage på sin plads i samlingen, så hun en anden video mærket Anna 23-05-2019.

Den blev optaget for kun et par måneder siden, og hovedpersonen må have været en kvinde.

Rachel var nysgerrig, og hun indsatte videoen og satte sig tilbage på sengen.

Videoen viste en moden, nøgen kvinde.

Kvinden var i begyndelsen af halvtredserne.

Tydeligvis en husmor.

Videoen blev også taget i samme rum, men denne gang holdt Samantha kameraet og talte med husmoren.

Samantha beordrede kvinden til at lægge sig på knæ og kravle ind i Samanthas fisse.

Kvinden udførte ekspert oralsex på Samanthas glatbarberede fisse.

Rachel var overvældet af begær efter at have set Samanthas private hjemmelavede sex-tape.

Han krøb sammen og rørte ved sig selv, mens han så på.

Hun begyndte at lege med sin fisse.

Lesbianisme og underkastelse var aldrig hendes fantasier, men der var noget fascinerende over Samanthas hjemmevideoer.

Rachel fortsatte med at gnide sin fisse, indtil videoen sluttede.

Så afspillede han en anden video, denne gang af et par.

Tiden fløj afsted, og Rachel havde allerede set et par videoer mere.

Hun kom kraftfuldt og så hjemmelavet porno.

Det var længe siden, hun havde følt en så god orgasme.

Hun lukkede øjnene for at hvile et stykke tid.

***

Rachel vågnede ved fornemmelsen af en finger, der gned hendes hud.

Hans øjne blev store.

Det var stadig nat.

Hun kiggede op for at se Samantha stå over hende med et smil på læben.

"Jeg kan se, du har nydt min samling," smilede Samantha.

Rachel dækkede hurtigt sin fisse.

"Åh Gud. Jeg er så ked af det. Jeg må være faldet i søvn."

"Der er ikke noget at være ked af. Du har fundet noget, du kan lide. Nu er vi klar til næste skridt."

Begge kvinder så hinanden i øjnene.

Der var et kort øjebliks stilhed mellem dem.

Og der var også en stille forståelse af, at tingene var ved at blive meget mere interessante.

TREDJE DEL:
Slaveri er vores fornøjelse

47

KAPITEL 11

Morgenmaden var næsten akavet næste morgen for Rachel.

Det var første gang i hendes liv, at hun var blevet taget i at onanere.

Han havde en følelse af skam og ubehag.

"Du må have mange spørgsmål," sagde Samantha.

"Noget."

"Vær ikke genert. Lad os lytte til dig."

"Hvad præcis lavede du i de videoer?" spurgte Rachel.

"Forskellige mennesker har forskellige feticher. Det er en kendsgerning af menneskelig seksualitet. Jeg yder bare en service til disse feticher."

"Er du en slags dominatrix, eller hvad hun nu hedder i disse dage?"

Samantha smilede.

"Når jeg vil være det. Eller hvis nogen har brug for min hjælp."

"Kalder du det til hjælp?" spurgte Rachel og løftede et øjenbryn.

"Selvfølgelig gjorde jeg det. Så du, hvor meget de mennesker kom?"

Rachel følte sig pludselig genert.

"Var du...umm..."

"Gå videre. Bare spørg. Jeg har ikke tænkt mig at bide."

Rachel tog en dyb indånding.

" Tænkte du på at gøre nogen af de ting mod mig eller Roger? Var det planen hele tiden? Vil Roger blive sodomiseret af en strap-on? Vil han se mig udføre oralsex på en kvinde?"

"Det er de store spørgsmål, ikke?"

"Vil du give mig et svar?"

Samantha holdt en lang, dramatisk pause, mens hun drak den friskpressede juice.

"Svaret er dette," svarede Samantha. "Din mand aner ikke, hvad han vil. Han ved, at han vil have et bedre sexliv. Han ved, at han ikke vil have sex med en følelsesløs kvinde hver uge."

"Roger kaldte mig en følelsesløs kvinde?" spurgte Rachel med sårede følelser.

"Ikke med de ord. Men ud fra den måde, han beskrev sit sexliv på, kan du lige så godt være følelsesløs."

"Så hvad tror du, Roger vil have? At jeg skal være underdanig som kvinderne i dine videoer?"

"Måske. Det var det, denne tur var til. Desværre fik han travlt, og jeg kan ikke hjælpe ham. Men heldigvis er du her."

"Er du mig utro?"

"Nej. Det er han ikke. Jeg kan se, at han ikke er det. Men han er tæt på. Det køn, du giver, er upassende for en mand som ham."

"Det skal jeg gøre?" spurgte Rachel.

"Gør, som jeg fortæller dig. Klæd dig som jeg har bestilt. Sut hans pik, som jeg har lært dig. Faktisk forventer jeg, at du giver ham hovedet hver morgen før arbejde, og igen når han kommer hjem. Ingen undskyldninger." ikke at gøre det."

Rachel nikkede.

"Jeg kan gøre det."

"Men der er stadig mere at lære. Oralsex løser ikke alt, tro det eller ej."

"Og hvad er det?"

Samantha gav ham et snedigt blik.

"Det må vi finde ud af efter morgenmaden."

KAPITEL 12

Der var en mærkbar spænding i luften, da Rachel fulgte Samantha ind i et privat rum i palæet.

Værelset havde almindelige vægge og enkle møbler.

Der var en lille seng kun to meter høj.

Sengen var simpelthen dækket, ingen tæpper eller puder, bare et lagen.

"Lad os ikke spilde tid," sagde Samantha. "Din mand vil have en underdanig kvinde. Inderst inde tror jeg, du længes efter en dominerende kønsfigur."

"Jeg er fuldstændig uenig," sagde Rachel bestemt.

"Åh?"

"Jeg tror ikke, Roger vil have mig på den måde. Og jeg har bestemt mine grænser. Jeg har altid følt, at et ordentligt forhold er baseret på ligeværd."

"Selv under sex?"

"Ja."

Samantha slikkede sine læber.

"Du har meget at lære i dag."

"Jeg vil være åben for, hvad du foreslår."

Samantha nikkede.

"Jeg bragte dig her af en bestemt grund. Dette er et rum for begyndere. Du er ikke klar til trældomsrummet endnu."

"Lyder skræmmende."

"Træmmer på en god måde. Men indtil videre holder vi os til dette rum, fordi det er nemt at rydde op efter et rod."

"Hvad skal det betyde?" spurgte Rachel.

"Det betyder, at jeg får dig til at komme. På den rigtige måde. Jeg vil vise dig, hvordan en rigtig orgasme føles."

"Samantha, jeg sætter pris på alt, hvad du gør for mig, men jeg tror virkelig ikke, det er nødvendigt."

"Selvfølgelig gør jeg det," svarede Samantha bestemt. "Du kan ikke blive en sand underdanig, medmindre du har følt fornøjelserne ved det . Vi starter langsomt. Jeg vil lette dig ind i en ny livsstil."

Rachel blev ramt af ordet livsstil.

Tingene var ved at blive mere interessante.

Og jeg var nysgerrig, hvor tingene var på vej hen.

"Godt," svarede hun. "Jeg vil ikke skændes. Jeg vil ikke klage. Jeg vil gøre, hvad du beder om."

"Jeg vil se din røv. Jeg vil have dig nøgen fra taljen og ned. Så læg dig på sengen. Hold fødderne på gulvet."

Rachel var bekymret over anmodningen.

Men hun gjorde det alligevel, da hun havde sagt, at hun ville gøre det uden at skændes.

Hun klædte sig af og efterlod sin numse bar og lagde forsigtigt sit tøj på sengen.

Nu stod hun med sin moderat behårede busk udsat for Samantha.

Så lagde han sig på den lille seng med fødderne stadig på gulvet.

"Du bliver nødt til at barbere dig senere," sagde Samantha og kiggede på hendes kønshår.

"Min mand kan lide det."

"Barber dig i dag. Bare rolig, det vil vokse ud igen."

Rachel himlede med øjnene.

"Indlysende."

"Spred nu dine ben. På vid gab."

Det gjorde Rachel.

Hun spredte sine ben og gav Samantha et klart udsyn til sin fisse.

Hun følte sig usikker på at vise sin modne fisse til en smuk ung kvinde, men hun antog, at der var en hensigt bag det hele.

"Glad nu?"

"Smuk fisse," satte Samantha pris på. "Det er sødt."

"Skal du stå der og se på det?"

"Selvfølgelig ikke. Hvis du ikke har noget imod det, så binder jeg dine ben til sengen, inden jeg får dig til at komme. Slap af, jeg lover, at du vil nyde det."

Samantha rakte ud under sengen efter noget og trak et reb frem, som hun brugte til at binde Rachels ankler til de modsatte sengestolper.

Alt blev udført med ekspert præcision.

Det var tydeligt, at Samantha var ekspert i reb og trældom.

Da det var overstået, var Rachels ben spredt i ørnestil, bundet, og hendes fisse var spredt vidt åben.

En høj summen lød gennem lokalet.

"Hvad fanden er det?" spurgte Rachel og kiggede på Samantha.

Samantha holdt et stort vibrerende sexlegetøj op, der så ud og lød som et elværktøj.

Enheden havde en vibrerende top beregnet til at stimulere en kvindes klitoris.

"Dette vil ændre dit liv til det bedre. Slap nu af."

Rachel lå måbende på sengen.

Tingen kom mellem hendes ben.

Samantha så ud som om hun var ved at udføre en medicinsk procedure med den kraftige vibrerende enhed.

Den vibrerende top blev bragt tættere på den blottede kusse.

Den kraftige vibrator rørte ved spidsen af Rachels klit.

" Aaahhhh !!!!" den modne husmoder skreg af smerte.

Samantha trak sig et øjeblik.

"Slap af. Slap af, skat. Bare slap af, mens jeg passer på dig."

Den kraftige vibration blev bragt tilbage til klitoris.

Rachel skreg igen.

Hun kunne have tryglet Samantha om at stoppe.

Hun kunne have sat sig op og skubbet til Samantha.

Hun kunne have kæmpet.

Men det gjorde hun ikke.

Rachel lagde sig simpelthen tilbage på sengen og absorberede den intense stimulation.

Selvom det var smertefuldt, var der også et lille glimt af glæde.

Fornøjelsen voksede og voksede.

Rachel fortsatte med at være fortvivlet, men forsøgte at slappe af i sin krop.

Hun accepterede den stærke følelse.

Hans ben trak og kæmpede mod rebet, men det nyttede ikke noget.

Hans ben kunne ikke bevæge sig.

Fornemmelsen i hans krop var i konflikt.

Hun ville gerne gøre modstand, men hun ville også lade følelserne flyde.

Hun fortsatte med at stønne og kaste og tænde sengen.

Samantha pressede sin håndflade mod husmoderens krop.

Så skubbede hun det vibrerende sex-apparat hårdt mod sin klit.

Stimuleringen var uvirkelig.

Den modne husmor skreg af smerte og fornøjelse.

Hans ben kæmpede mod rebet af al sin magt.

Det var en tabt kamp.

Da Samantha stak to fingre ind i sin kusse og bevægede sig ind og ud, kom Rachel.

Hun løb og løb.

Hun sprøjtede og sprøjtede sine safter.

Det var en våd orgasme, der skabte rigtig rod overalt.

Rachels ryg krummede sig voldsomt.

Hans tæer krøllede.

Han lavede mærkelige ansigter, mens han var næsten uigenkendelig i et stykke tid.

Så blev hans krop helt slap.

Samantha slukkede for enheden og smilede til sit arbejde.

Han sænkede apparatet og løsnede husmoderens ankler.

Hun sad på sengen og gned Rachels hår og bemærkede, hvor smuk hun så ud.

"Kæmp ikke for at tale endnu," sagde Samantha, mens hun stadig gned Rachels hår. "Bare slap af. Nyd din lyksalighed. Jeg er sikker på, at din klit må have ondt lige nu."

Rachel nikkede.

"Ja."

"Hvil. Lad din klitoris komme sig. Vi fortsætter træningen senere i dag."

Samantha lænede sig ned for at kysse Rachel på panden, så på kinden og så på læberne.

KAPITEL 13

Tiden gik uden hast.

De spiste frokost sammen og talte om normale ting.

Et venskab voksede mellem dem.

Emnet sex var ikke dukket op igen, og Rachels klitoris havde tid nok til at hele sig fra det vibrerende overfald.

Rachel tog en lur midt på eftermiddagen, og da hun vågnede, lå der en smuk sort kjole på hendes seng.

Et par højhælede sko lå også på sengen.

Der var en håndskrevet seddel oven på kjolen.

På notatet stod der:

"Tag et dejligt langt brusebad. Påfør derefter din makeup, som jeg lærte dig. Og tag så kjolen og hælene på uden andet under.

Vi mødes nede i trældomsrummet klokken seks. Døren vil blive låst op."

Sedlen var underskrevet af Samantha.

En snurren voksede mellem hendes ben.

Rachel stod ud af sengen og gik i bad.

Hun tørrede sig og kiggede på sit nøgne spejlbillede i spejlet, inden hun lagde sin makeup.

Hun påførte hvert kosmetisk produkt præcis som Samantha havde lært hende.

Rachel skiftede til sin kjole foran soveværelsesspejlet.

Kjolen var elegant og sexet.

Hun undrede sig over sit spejlbillede.

Hun virkede som en meget anderledes kvinde.

***

Han gik ned præcis klokken seks om aftenen og gik derefter ned ad gangen.

Det var nemt at finde ud af, hvor trældomsrummet var.

Det var det eneste rum i palæet, hvor døren altid var lukket.

Nu stod døren åben og så ud til at kalde på hende.

Trældomsrummet så kedeligt ud i forhold til resten af huset.

Det var et værelse i gennemsnitlig størrelse uden noget af værdi.

Der var nogle borde og stole.

Der var andre interessante ting, såsom et reb, der hang fra loftet og mærkeligt udseende enheder, der virkede rå.

Rachel gik ind i rummet og lod sine øjne strejfe over det.

Forventningen voksede.

"Var det, hvad du forventede?" Samanthas stemme sagde bagfra.

Rachel vendte sig om og så Samantha klædt i et rødt læderkorset og sorte støvler.

Hun viste sine tonede arme og ben frem, og hendes hår var trukket tilbage.

Hun var klædt ud som en rigtig dominatrix.

Samantha lukkede derefter døren.

"Jeg havde forventet lidt mere, for at være ærlig," sagde Rachel og skjulte sine nerver.

"De fleste forventer mere af mit trældomsværelse. Men jeg foretrækker enkelhed. Jeg kan godt lide at have det element af overraskelse."

"Hvad mener du?"

"Jeg kan godt lide, at folk undervurderer dette rum," smilede Samantha. "Ydermere er det irrelevant, hvilken slags legetøj og apparater der bruges. Det er viljen til at underkaste sig, og den dominerende magt over den underdanige, der giver et godt BDSM erotisk forhold. Ikke legetøjet."

Rachels hænder pegede mod rummet.

"Alligevel er vi her."

"Forstå mig ikke forkert," sagde Samantha og gik hen til husmoderen. "Jeg elsker at bruge legetøj. Og jeg elsker også reb. De forstærker min magt over underdanige på så mange måder."

"Hvad vil du gøre mig?"

Samanthas øjne kiggede op og ned på husmoderen.

"Jeg glemte at nævne, hvor smuk du ser ud i den kjole. Den klæder dig perfekt og viser alle dine kurver. Og din makeup, jeg er imponeret. Du lærer hurtigt."

"Tak. Du ser...umm...attraktiv ud i det outfit."

"Jeg prøver altid at se mit bedste ud."

"Så hvad vil du gøre ved mig?" spurgte Rachel igen, næsten desperat efter at vide det.

Samantha trådte frem og førte læberne til husmoderens øre.

"Jeg skal binde dig," sagde Samantha sagte. "Så vil jeg få dig til at komme igen og igen. Du tilhører din mand. Men i aften tilhører du mig. Din fisse tilhører mig. Og dine orgasmer tilhører også mig."

Rachels øjne blev store.

"Åh. Jeg... øh..."

"Jeg går ud fra, at Roger aldrig har bundet dig."

"Aldrig."

"Perfekt. Jeg elsker at være nogens første. Hold stille."

Rachel stod genert stille i sin dyre kjole, mens hun så Samantha vende en enhed på væggen.

Rebet, der dinglede fra loftet, blev sænket ned, hvor Rachel var.

"Vil du binde mig med det?" spurgte Rachel.

"Er der et problem?"

Rachel rystede nervøst på hovedet.

"Ingen."

"Godt. Giv mig nu dine dukker."

Samantha brugte det bløde reb og bandt ekspert Rachels håndled. Knuden var stram.

Rachels hænder var bundet.

Han gjorde ingen modstand.

Da hun fastgjorde rebet til det, gik Samantha tilbage til væggen og vendte enheden i den modsatte retning.

Dette fik Rachels hænder til at gå op over hendes hoved.

Intet er for smertefuldt, men nok til at forhindre Rachel i at kunne bevæge sig.

"Komfortabel?" spurgte Samantha med et halvt smil.

Rachel rystede næsten, da hun stod med hænderne bundet over hovedet.

"Mine håndled gjorde ondt."

"Det gør ondt, fordi du kæmper. Slap af. Giv dig selv til mig."

Samantha åbnede en nærliggende skuffe og rakte ind.

Han trak en kniv frem og gik langsomt hen mod Rachel med et ondt grin, mens han viftede rundt med den skarpe genstand.

"Åh gud!" Rachel gispede af frygt og troede, at der ville ske noget forfærdeligt. "Venligst nej! Min Gud! Min Gud!"

"Vær ikke dum. Jeg vil ikke såre dig. Nå, ikke på den dårlige måde."

Samantha bragte kniven til toppen af Rachels kjole.

Hun skar derefter nedad og delte kjolen på midten.

Samantha lagde kniven på et nærliggende bord, åbnede derefter toppen af kjolen og blottede Rachels to runde bryster.

"Nu ligner du en rigtig hore," smilede Samantha. "Snavset makeup, smukt hår, dyre hæle og en revet kjole, der afslører dine gamle slappe bryster. Alle tegn på en tøs. Er du ikke enig?"

Rachel nikkede nervøst.

"Ja."

"Jeg overholder altid fire-tommers reglen. Sig mig, hvor stor er din mands penis?"

"Omkring fem tommer," indrømmede Rachel.

"Rogers er fem tommer, så jeg tilføjer yderligere fire tommer. Hvilket er i alt ni tommer."

Samantha åbnede en anden skuffe for at hente en ni-tommer dildo.

Hun kiggede på den og undrede sig over dens størrelse.

Hun tog derefter en strop på omkring skridtet og tog 10 tommer dildoen på.

"Vil du putte det inde i mig?" spurgte Rachel nervøst.

"Jeg vil kneppe dig med det," svarede Samantha og smører sexobjektet på. "Har du nogensinde haft sex stående?"

"Ingen."

"En anden første gang."

Samantha stod foran Rachel.

De var ansigt til ansigt, kun centimeter fra hinanden.

Samantha var sikker og rolig.

Rachel var et nervøst vrag.

Seksuel spænding var tyk i luften.

Samantha lænede sig frem og gav Rachel et stort kys på læberne.

Det var glat i starten.

Så mere lidenskabelig.

Så blev det mere barsk.

Samantha bed let i Rachels underlæbe.

De fortsatte så med at tungekysse.

Mens de kyssede, sænkede Samantha sine hænder og løftede Rachels kjole op.

Så førte han spidsen af strap-on's pik til Rachels læber.

Rachel spredte sine ben bredt, da hun rejste sig.

Dildoen pegede på hendes fisse.

"Jeg vil trænge ind i dig nu," hviskede Samantha i Rachels øre.

"Vær blid."

"Nej," hviskede Samantha.

Da de to kvinder forblev sammenflettet, pressede Samantha hårdt og gik ind i Rachels kusse, hvilket forårsagede et hørbart gisp.

Samantha gav endnu et skub og gik dybere.

Det seksuelle objekt blev dybere.

På et tidspunkt var det ni tommer store sexobjekt fuldstændig begravet inde i kusse.

Rachel stønnede og hendes ben rystede.

Samantha viste sin fysiske styrke ved at tage fat i begge Rachels lår i luften.

Rachel var helt væk fra jorden, hendes hænder dinglende fra rebet på loftet.

Hendes fødder og hæle svingede vildt, mens Samantha holdt om hendes ben.

"Kæmp ikke," sagde Samantha og holdt husmoderen op i luften. "Jo mere du kæmper, jo mere vil det gøre ondt. Giv efter for mig."

Samantha lænede sig tilbage og gav endnu et hårdt stød og skubbede dildoen længere ind i sin kusse.

Samanthas hænder holdt en fast lås på Rachels ben.

Rachel hang i luften, da dominatrixen kom ind i hende.

De var skide.

De så hinanden i øjnene.

Rachel græd og græd.

Men hun fortalte aldrig Samantha at stoppe.

Det turde hun ikke, men det ville hun heller ikke.

Det var en del af træningen, og det begyndte at føles godt, da hans krop tilpassede sig størrelsen.

Hans hår var rodet, ligesom hans fødder.

Hun kunne lide at blive kneppet af Samantha.

Hans krop var i brand.

Rachels håndled gjorde ondt.

Huden omkring hendes håndled blev en mørk rød nuance, mens hendes krop hang i luften.

Men smerten i hendes håndled var ingenting sammenlignet med den fornemmelse, hendes fisse følte.

Det store sexlegetøj stimulerede nerver inde i hendes kusse, som hun aldrig vidste eksisterede.

Skubbene fortsatte.

Hun skreg og skreg.

Hun græd og græd.

Hun stønnede og stønnede.

"Kom efter mig," sagde Samantha og så på husmoderen med fornøjelse. "Kom efter mig, din beskidte gamle luder."

Rachel skubbede sine hofter.

"Jeg er ikke gammel!"

En orgasme rev gennem hendes krop.

Rachel skreg helt op i lungerne.

Hans ryg krummede sig voldsomt.

Hun smed de højhælede sko ud over rummet.

Rachels fissevæsker sprøjtede overalt og efterlod et seriøst job til rengøringsdamen.

Da orgasmen aftog, rullede Rachels øjne tilbage, og hendes krop slappede af.

Samantha slap sin omfavnelse, og Rachel dinglede i en næsten dyster tilstand fra rebet omkring hendes håndled.

Samantha sænkede rebet, og Rachels halvbevidste krop lå på gulvet i en pøl af hendes egne varme juicer.

Da Rachel kunne åbne øjnene, så hun Samantha fjerne sit korset og efterlade sig selv helt nøgen.

Rachel kunne ikke lade være med at misunde Samanthas perfekte nøgne krop.

Samantha sad på gulvet og legede med Rachels hår.

"Roger er heldig at have en orgastisk tøs som dig," smilede Samantha helt nøgen.

"Jeg er aldrig kommet sådan før. Aldrig."

"Jeg er glad for, at jeg var dig til tjeneste. Men husk, jeg er dominatrixen, du er subben. Dette er for min fornøjelse, ikke din. Og indtil videre er jeg ikke kommet endnu."

Rachel løftede et øjenbryn.

"Hvad har du i tankerne?"

"Har du nogensinde spist en fisse?"

"Ingen."

"Sikke en jomfru du er i alting. Kryb mod mig. Læg dit ansigt mellem mine ben."

Rachel gjorde, hvad hun blev bedt om at gøre.

Han kravlede, indtil hans ansigt var centimeter fra hendes fisse.

"Kys mine læber," kommanderede Samantha med henvisning til sin egen skede. "Jeg elsker at blive kysset."

Rachel efterkom og kyssede det yderste lag af Samanthas glatbarberede kusse.

"Slik den som en slikkepind. Stik så tungen ind, som om du ikke har spist i flere dage."

Rachel fulgte ordrer, slikkede sin fisse og smagte på de eksterne væsker.

Hans tunge mærkede hvert punkt på læberne.

Så stak han tungen ind, slikkede og suttede.

Det var første gang, hun havde spist en fisse, og hun indså, at det smagte godt.

"Det er godt," stønnede Samantha. "Bliv ved. Bliv ved med at slikke som en god killing."

Den engang så beskedne, primitive og ordentlige husmor var hurtigt blevet en ekspert skedespiser.

Hun slikkede og suttede entusiastisk.

Hans tunge strøg op og ned.

Øjeblikke senere kom Samantha med et højt råb.

Hendes ben rystede, så slappede hun af.

Samanthas øjne lyste op.

"Herregud. Hvem vidste, du kunne gøre det så naturligt?"

Rachel smilede og hvilede sit hoved på Samanthas lår.

"Du ved godt".

"Så du tænker?" spurgte Samantha retorisk.

Rachel kyssede dominatrixens lår.

"Ja."

De to kvinder fortsatte deres øjeblik af gensidig trøst.

Rachel lukkede øjnene og hvilede sit hoved på dominatrixens lår igen.

Samantha kiggede på den smukke husmor og strøg hendes hår.

KAPITEL 14

Dage efter.

Efter at have samlet sin bagage, skubbede Rachel en vogn med to kufferter indeni: den ene med sit normale tøj og den anden med dem, Samantha havde givet hende.

Hun så sin mand vente udenfor.

Store smil blev returneret.

Roger var glad for at se sin kone så godt solbrændt og afslappet.

Han løb hen til Rachel.

Hun standsede vognen og gav ham et stort kvælende kram.

Det var et særligt øjeblik.

Hun ønskede, at den dag skulle være en ny begyndelse for deres ægteskab.

"Jeg har savnet dig så meget," sagde Roger.

Rachel lagde sine læber til hans øre og hviskede: "Du tager mig hjem og binder mig til sengen i værelset. Så skal du skubbe din pik ned i halsen på mig. Og så skal du kneppe mig. Forstået?"

Han trak sig lidt tilbage for at se godt på sin kone, forbløffet over hendes grimme sprog.

Der var en særlig gnist i Rachels øjne.

en sult

En lyst.

Roger indså, at hans kone var en anden kvinde.

Roger nikkede og tog imod invitationen.

Rachel smilede og gav ham et kys.

ENDE

Don't miss out!

Visit the website below and you can sign up to receive emails whenever Erika Sanders publishes a new book. There's no charge and no obligation.

https://books2read.com/r/B-A-IGGS-LEONC

BOOKS 2 READ

Connecting independent readers to independent writers.